Tristão e Isolda

Reconto de
Telma Guimarães Castro Andrade

Ilustrações de
Jô Oliveira

editora scipione

Gerente editorial
Sâmia Rios
Editora
Maria Viana
Assistente editorial
José Paulo Brait
Preparador de textos
Adilson Miguel
Revisores
Adilson Miguel
Nair Hitomi Kayo
Editora de arte
Marisa Iniesta Martin
Diagramadora
Fabiane de Oliveira Carvalho
Programação visual
Didier Dias de Moraes

editora scipione

Ao comprar um livro, você remunera e reconhece o trabalho do autor e de muitos outros profissionais envolvidos na produção e comercialização das obras: editores, revisores, diagramadores, ilustradores, gráficos, divulgadores, distribuidores, livreiros, entre outros.
Ajude-nos a combater a cópia ilegal! Ela gera desemprego, prejudica a difusão da cultura e encarece os livros que você compra.

Av. Otaviano Alves de Lima, 4400
Freguesia do Ó
CEP 02909-900 – São Paulo – SP

ATENDIMENTO AO CLIENTE
Tel.: 4003-3061

www.scipione.com.br
e-mail: atendimento@scipione.com.br

2023
ISBN 978-85-262-6032-0 – AL
ISBN 978-85-262-6033-7 – PR
Cód. do livro CL: 735219
1.ª EDIÇÃO
10.ª impressão
Impressão e acabamento
Log&Print Gráfica, Dados Variáveis e Logística S.A.

Dados Internacionais de Catalogação na Publicação (CIP)
(Câmara Brasileira do Livro, SP, Brasil)

Andrade, Telma Guimarães Castro

    Tristão e Isolda / Gottfried von Strassburg; reconto de Telma Guimarães Castro Andrade; ilustrações de Jô Oliveira – São Paulo: Scipione, 2005.
(Série Reencontro literatura)

    1. Literatura infantojuvenil I. Gottfried, von Strassburg. II. Oliveira, Jô. III. Título. IV. Série.

05-6440   CDD-028.5

Índices para catálogo sistemático:
1. Literatura infantojuvenil   028.5
2. Literatura juvenil   028.5

SUMÁRIO

Quem escreveu Tristão e Isolda? 4
A infância de Tristão 7
Rohalt, o defensor da fé 15
Isolda dos Cabelos Dourados 21
O barão mentiroso 28
A poção 30
A intriga 32
A descoberta 37
O eremita Ogrin 46
O pedido de perdão 49
A prova da brasa 52
O sino encantado 54
Isolda das Mãos Brancas 56
A loucura de Tristão 59
Uma triste morte 65
Quem é Telma Guimarães Castro Andrade? 72

QUEM ESCREVEU *TRISTÃO E ISOLDA*?

Histórias de Tristão e do rei Marcos já eram conhecidas desde o século VII. Mas é só no século XII que surge o romance, na forma de várias versões escritas – talvez baseadas num hipotético texto original do qual jamais se encontrou qualquer rastro.

Das versões do século XII que chegaram até nós, as mais importantes são a de Béroul e a de Thomas. Mas existem também a escrita por Eihart e outras duas anônimas. Essas versões foram a base de muitas outras escritas posteriormente, entre as quais se destaca a de Gottfried von Strassburg.

Dois autores contemporâneos reescreveram o romance procurando fazer uma montagem de fragmentos das versões básicas: Joseph Bédier, no início do século XX, e, mais recentemente, René Louis.

Agora vou contar aos meus queridos leitores uma história de amor e morte. A história de Tristão e Isolda, que se amaram tão profundamente que morreram lado a lado, no mesmo dia. Ele, de amor por ela. Ela, de amor por ele.

A infância de Tristão

Rivalino, filho do soberano de Leonis, soube que os inimigos do rei Marcos da Cornualha se reuniam para atacá-lo. Como prova de amizade, cruzou o mar para levar ajuda ao monarca e servi-lo fielmente com sua espada.

O bravo Rivalino conheceu a irmã de Marcos, Brancaflor, por quem se apaixonou de imediato e foi correspondido. Imensamente grato ao príncipe de Leonis, o rei via com bons olhos a aproximação dos dois jovens.

Pouco tempo depois, Rivalino ficou sabendo que o duque Morgan, um velho inimigo de seu pai, tinha atacado Leonis. O jovem precisava voltar para combatê-lo e então armou seu navio com os melhores guerreiros. Como Brancaflor havia engravidado e ele não poderia de forma alguma abandoná-la, resolveu levá-la consigo. Mas antes de partir casou-se com ela, sob as bênçãos de Deus.

Ao chegar a Leonis, os dois tiveram de se separar.

– Adeus, Brancaflor. Saiba que a amo muito, desde o primeiro momento em que a vi... – disse ele, beijando-a nos lábios.

– Ah, Rivalino, como vou esperar pelo seu retorno! Sem você não consigo viver – Brancaflor chorava sem parar, temendo pela vida do amado.

Finalmente se despediram, e Rivalino partiu para a guerra.

Durante dias, Brancaflor esperou pelo amado. Não comia nem bebia nada. Seu único desejo era avistar o barco cruzando o mar, trazendo Rivalino de volta a seus braços.

Após algum tempo, a linda moça recebeu a notícia de que o duque Morgan havia matado seu esposo numa emboscada. Não gritou nem se lamentou, mas qualquer um podia notar sua fraqueza e a palidez de seu rosto. O fiel marechal Rohalt tentava acalmá-la, porém ela nada ouvia.

O tempo passou e chegou a hora do parto. Com muita dificuldade, Brancaflor deu à luz um filho. Quando o pequeno lhe foi colocado nos braços, ela sussurrou:

– Ah, filhinho, esperei tanto por você... É o mais belo bebê do mundo. Mas veio num dia tão triste que será chamado Tristão, o que nasceu sob a tristeza.

Brancaflor beijou a criança e morreu.

Ao perceber que os homens de Morgan poderiam atacar o castelo, Rohalt escondeu a criança entre seus próprios filhos, pois temia que o duque matasse o herdeiro de Rivalino. Assim, Tristão foi criado junto com os filhos do militar. Durante os anos seguintes, viveu tranquilamente entre mulheres e crianças.

Sete anos se passaram, e Rohalt decidiu entregar Tristão aos cuidados de um bom mestre, o escudeiro Gorvenal. Este ensinou muitas artes ao garoto: o uso da espada e da lança com maestria, a precisão no manejo do arco e da flecha, o lançamento de pedra, o salto em distância e a importância de manter uma postura ereta e o corpo forte, caso precisasse enfrentar os inimigos. Falou-lhe sobre a mentira, que é detestável num homem de bem, e sobre o valor da honra, da lealdade e da fidelidade ao rei. Também ensinou-lhe a tocar harpa e vários tipos de canções, além da arte da caça e até a imitar o canto das aves – especialmente os rouxinóis.

– Lembre-se... trate muito bem de seu cavalo e de sua armadura. Eles fazem parte de você e sempre serão a sua melhor arma! – explicava.

Rohalt ficou orgulhoso com o resultado da educação que Gorvenal dera ao rapaz. Ele gostava de Tristão como um de seus filhos de fato. Vê-lo tão nobre, forte, correto, com os ombros largos, enchia-o de orgulho.

Um dia, alguns comerciantes da Noruega atraíram Tristão para seu navio e o aprisionaram, como troféu conseguido em caçada. O jovem resistiu bravamente, mas não conseguiu livrar-se das amarras.

O navio seguia seu curso, porém o mar estava muito agitado, e logo uma tempestade envolveu a embarcação. Durante oito dias e oito noites, os marinheiros lutaram contra as enormes ondas e o mau tempo, temendo ser despedaçados pela tormenta. Na verdade, sabiam que navegar com um prisioneiro inocente traz má sorte.

Tomados de profundo arrependimento, prometeram aos céus liberar Tristão, num pequeno barco que poderia seguir rumo à praia.

Assim que os marinheiros cumpriram o prometido, os ventos diminuíram e o céu clareou, com os raios de sol atravessando as grossas nuvens.

Ao chegar à praia, Tristão subiu numa pedra e avistou uma floresta. Era uma imagem que o fazia lembrar-se de pessoas queridas.

– Que saudade de Gorvenal e de Rohalt... – suspirou.

Mas seus pensamentos foram logo interrompidos por sons de cornetas, latidos de cães, trotes de cavalos e uma gritaria. Tristão ergueu os olhos e avistou um enorme cervo correndo em sua direção. Caçadores a cavalo e cães o perseguiam desenfreadamente.

Os cachorros lançaram-se sobre as pernas do pobre cervo, que dobrou as patas e caiu ao chão. Um dos caçadores se aproximou e deu uma punhalada no pescoço do animal, fazendo o sangue jorrar em abundância. Rapidamente, os outros homens rodearam a caça.

Percebendo que o mestre dos caçadores ia arrancar a cabeça do cervo, Tristão indagou:

– Meu senhor, é justo cortar em pedaços tão nobre animal? Por acaso consideram esse cervo um porco de suas fazendas? A não ser, é claro, que se trate de um costume de seu país... – Tristão fez um gesto educado com a mão.

O chefe dos caçadores, meio sem jeito, respondeu:

– Caro amigo, por que está surpreso? Estamos acostumados a dividir o animal em quatro partes. Depois, colocamos os

pedaços em nossas selas e levamos para o rei Marcos. É uma prática antiga, que surgiu já quando os primeiros caçadores apareceram aqui na Cornualha. Se você souber de algum costume mais nobre que o nosso, queira nos ensinar, por favor. – E entregou sua faca a Tristão.

– Com todo o prazer, senhor! – Tristão aceitou a faca e ajoelhou-se. Retirou cuidadosamente a pele do cervo, separando-a da carne e dos ossos. Depois, tirou a cabeça, as pernas, a língua, os miúdos e a maior veia do coração.

Os caçadores ao redor ficaram admirados com a destreza e a rapidez do jovem. Os cachorros pareciam entender tudo o que se passava ali e se mantinham em silêncio.

– Caro amigo, você realmente tem boas maneiras. Onde foi que as aprendeu? Diga-nos também seu nome! – Tanto o mestre como os outros caçadores estavam muito curiosos.

– Meu nome é Tristão. Sou de Leonis, onde aprendi tudo o que sei – disse, e fez uma reverência.

– Caro amigo Tristão... – tornou o mestre dos caçadores, sorrindo. – Deus vai recompensar seu pai por lhe ter ensinado arte tão nobre! Com certeza é filho de um barão muito rico e de maneiras requintadas – completou.

Tristão já havia entendido que estava na Cornualha, terra do rei Marcos, seu tio, irmão de sua mãe. Mas decidiu omitir sua real identidade, pois desejava ser reconhecido e estimado por seu próprio valor, e não por laços familiares.

– Na verdade, senhor, sou filho de um mercador – respondeu Tristão. – Saí de casa e viajei secretamente num barco, para um lugar bem longe; assim, aprendi muito com homens que viveram em outros países. Mas, se quiser me aceitar em seu grupo, posso ensinar-lhes tudo o que sei, não só sobre a caça, mas também acerca de outras artes.

– Ficarei muito feliz se você juntar-se a nós, Tristão – disse o mestre. – E vamos apresentá-lo a nosso rei.

Depois disso, Tristão completou sua tarefa: deu o coração, a cabeça, as orelhas e os rins do cervo para os cães, que se deliciaram com o banquete, e cortou o restante em pedaços. Enquanto fazia isso, explicava como esfolar uma caça corretamente.

Depois de oferecer os cortes aos caçadores, ensinou-lhes como se alinhar com os cavalos, dois a dois, formando uma disposição harmoniosa, conforme a nobreza das peças que cada um carregava.

E então seguiram por uma estrada conversando animadamente, até que um enorme castelo surgiu diante deles.

A imponente construção era cercada por pomares e pequenos lagos de águas cristalinas, com lindos peixes. Muitos barcos, de diferentes tamanhos, ancoravam no porto; outros chegavam de mansinho. De lá dava para ver o imenso mar, todos os que saíam para navegar e também os que chegavam. Muros altos, de pedras azuis e verdes, como um tabuleiro de xadrez, cercavam a fortaleza, protegendo-a dos assaltos ou dos perigos de uma guerra. Tristão perguntou o nome do castelo, e o mestre dos caçadores lhe disse que era Tintagel.

Ao ouvir soarem as cornetas e os latidos dos cães, o rei Marcos apressou-se em receber os caçadores.

O mestre relatou a destreza com que Tristão desmembrara o cervo. O monarca observou atentamente o rosto e as maneiras do forasteiro e, sem entender por quê, já que o jovem lhe era totalmente desconhecido, sentiu o coração encher-se de alegria e ternura.

Naquela mesma noite, o soberano deu uma linda festa. Reuniu as pessoas da corte e chamou um cantor do País de Gales para abrilhantar a comemoração, tocando harpa e soltando sua voz incomparável.

Após ouvir várias músicas, Tristão, que estava sentado próximo ao rei, disse ao cantor:

– O senhor é realmente um mestre na arte de cantar. Foram os bretões que um dia compuseram essa melodia tão linda e rara. E sua voz só enaltece a canção!

O cantor respondeu em versos ao comentário de Tristão:

O que sabe, jovem rapaz,
sobre a arte de cantar?
Se aprendeu esse ofício,
não achará tão difícil
ficar no meu lugar e tocar!

Tristão aceitou o desafio e, tomando a harpa, tocou-a e cantou tão bem que os barões ficaram surpresos. Igualmente maravilhado, o rei pensou: "Que grande coincidência esse jovem ter vindo do lugar para onde Rivalino levou minha tão amada irmã Brancaflor...".

Quando o rapaz terminou a canção, o rei Marcos falou:
— Filho, que Deus o abençoe sempre. Não só você, como também seu mestre, que tão bem lhe ensinou a arte de tocar e cantar. Deus ama aqueles que penetram nas almas dos homens com suas vozes, fazendo acordar as mais lindas lembranças e adormecer as mais tristes mágoas. Foi Ele quem o trouxe aqui, para perto de nós. Peço que fique morando neste castelo – disse, sorrindo e emocionado.

Tristão gostou do convite e respondeu:
— É de muito bom grado que servirei a Vossa Majestade. Não apenas como caçador da corte, mas também tocando harpa e cantando.

Assim se passaram três anos. Cada vez mais aumentava a estima do rei por Tristão. De dia, o jovem permanecia atento às audiências do monarca e o acompanhava nas caçadas; de noite, dormia nos aposentos reais junto aos conselheiros e aos membros da câmara dos lordes. Se o soberano estava triste, Tristão tocava harpa para alegrá-lo. Não só o rei nutria grande carinho por ele, como também os barões o tinham na mais alta conta.

Rohalt, o defensor da fé

Mas, como o mundo é pequeno, um dia Rohalt e Gorvenal aportaram naquelas terras. E foi com grande alegria que reconheceram Tristão, que os abraçou emocionado. Depois, dirigindo-se ao monarca, o marechal disse com entusiasmo:
– Rei Marcos, fico feliz que tenha encontrado seu sobrinho Tristão!
Diante da revelação inesperada, o soberano da Cornualha ficou atônito, mas muito feliz. Afinal, aquele jovem que tanto admirava era filho de sua querida irmã Brancaflor.
– Por que mentiu para mim? Por que escondeu que era meu sobrinho? – perguntou a Tristão.
– Perdoe-me, meu tio. Nunca quis enganar Vossa Majestade. Mas precisava conquistar sua amizade e consideração por aquilo que sou, por meu próprio valor. Não queria que se influenciasse por esse nosso parentesco.
O rei compreendeu a nobreza daquela intenção e ficou ainda mais orgulhoso do sobrinho. E Tristão continuou a falar, dirigindo-se a todos os presentes:
– Sou muito grato a estes dois homens, rei Marcos e marechal Rohalt, que me acolheram como se acolhe um filho. Assim, posso chamá-los de pais. Como sou homem livre, quero comunicar a todos minha decisão. A Rohalt, deixo todas as minhas propriedades. E a Vossa Majestade, prometo honrá-lo e lutar bravamente pela Cornualha sempre que necessário.
Todos se emocionaram com as palavras do jovem. O rei Marcos decidiu que, como recompensa, o sagraria cavaleiro na manhã seguinte. Para isso, ordenou que Dinas de Lidan se encarregasse dos preparativos para a celebração.
Na hora da cerimônia, porém, quatro irlandeses entraram na sala da coroação ameaçando o monarca. No centro, estava um cavaleiro descomunal, que mais parecia um gigante.

Tratava-se de Morholt, irmão da rainha da Irlanda e o mais importante cavaleiro daquele reino, que vinha cobrar um antigo tributo de guerra: trezentos rapazes e trezentas moças, na idade de quinze anos, retirados de famílias da Cornualha.

O rei Marcos empalideceu, pois fazia quinze anos que ele se recusava a pagar tão alta e cruel dívida. E sabia que Morholt era um guerreiro imbatível. Nunca ninguém fora capaz de derrotar o terrível gigante.

Morholt deu um passo à frente. Com uma voz que metia medo até nos mais fortes cavaleiros do reino, falou:

– Meu rei exige o pagamento da dívida: trezentos jovens e trezentas donzelas.

– Mas, mas... – o rei Marcos tentou falar alguma coisa, porém as palavras não saíam de sua boca.

– Vossa Majestade sabe que o único meio de livrar-se dessa dívida seria algum guerreiro da Cornualha me vencer em luta individual – completou o gigante, confiante de que tal alternativa era praticamente impossível.

Os barões em torno do soberano emudeceram de medo. Morholt era quatro vezes maior, em tamanho e força, que o guerreiro mais valente do reino de Marcos. E todos sabiam que manejava a espada como ninguém, que já levara à morte centenas de bravos lutadores.

Assim, a surpresa foi geral quando Tristão se ajoelhou aos pés do rei Marcos, dizendo:

– Meu senhor, deixe-me lutar por seu reino!

"Como posso deixar um rapaz tão jovem arriscar-se por meu reino lutando contra um gigante? E além do mais é meu sobrinho, que acabei de descobrir...", pensou o monarca.

Despeitados, os barões, que a tudo assistiam, murmuravam entre si, ridicularizando a ingenuidade do jovem. Mas Tristão tanto insistiu que o rei Marcos acabou consentindo na batalha.

No dia do combate, Tristão enrolou-se numa enorme capa vermelha, pôs o capacete de aço na cabeça, muniu-se de sua espada e entrou no barco, em direção à ilha de Saint-Samson, que ficava perto de Tintagel e era onde as batalhas costumavam ser travadas.

Nas imediações do castelo, acamparam, de um lado, os companheiros de Morholt e, de outro, os jovens solicitados como pagamento da dívida, que rezavam pela vida de Tristão. Sua sorte dependia da vitória do bravo guerreiro. Se ele perdesse a luta, dali mesmo seguiriam escoltados pelos soldados do gigante para nunca mais voltar.

Morholt içou em seu mastro uma vela vermelha, cor de sangue, e atracou na ilha antes de Tristão.

Ao chegar à orla, o intrépido guerreiro não amarrou seu barco. Deixou que a correnteza o levasse suavemente. "Será preciso apenas um barco, pois haverá um só vencedor", pensou.

Os dois combatentes rumaram então mata adentro para dar início à disputa, que nenhum outro homem presenciou. Apenas a brisa do mar trazia à praia deserta os gritos de fúria dos adversários.

Horas depois, no local onde os jovens e os soldados estavam acampados, avistou-se a vela púrpura do barco do gigante, que chegava da ilha. As donzelas e os rapazes derramaram lágrimas silenciosas, enquanto os companheiros de Morholt festejavam sua vitória.

Porém, quando o barco se aproximou, todos puderam ver que quem estava no comando não era o gigante, mas Tristão, brandindo sua espada.

Ao descer da embarcação, o herói foi rodeado imediatamente pelos jovens, que comemoravam alegremente sua vitória e a liberdade.

Guerreiro honrado que era, Tristão dirigiu-se aos homens de Morholt para, com muito respeito, comunicar o ocorrido:

– Senhores da Irlanda, Morholt lutou como herói. Vejam em que estado ficou minha espada... Um pedaço dela ficou cravado no crânio do valente guerreiro. Essa lasca de aço é o tributo da Cornualha que lhes ofereço.

Dito isso, Tristão, as donzelas e os rapazes voltaram a Tintagel. Por onde passavam cavalgando, pessoas acenavam com ramos e estendiam ricos tecidos nas janelas. Os sinos repicavam sem parar, e cânticos podiam ser ouvidos a distância.

Chegaram ao castelo. Mas, ao se encontrar com o rei, Tristão caiu em seus braços.

– Você está ferido! – disse o soberano, assustado com os ferimentos do guerreiro, e tratou de acomodá-lo em seu leito.

Longe dali, na Irlanda, imperava a tristeza por causa da morte de Morholt. A rainha Isolda, irmã do gigante, e a filha dela, também chamada Isolda, a dama dos cabelos dourados, já estavam acostumadas a tratar dos ferimentos do guerreiro com bálsamos e poções milagrosas. Mas agora suas mágicas eram inúteis. Um cavaleiro chamado Tristão havia matado Morholt, e nada o traria de volta.

Isolda, a filha, soluçando sem parar, encheu-se de coragem e retirou o pedaço da lâmina da espada que estava cravado no crânio de Morholt. Depois, colocou-o numa caixinha de marfim, dizendo:

– Odeio você, Tristão de Leonis.

Tristão adoecia a cada dia. Muitos médicos foram chamados. Finalmente, um deles acabou descobrindo por que as feridas não cicatrizavam: a espada de Morholt fora embebida em poderoso veneno. Nenhuma poção iria curar Tristão. Só Deus poderia salvá-lo.

As feridas exalavam um cheiro horrível. E, com o passar dos dias, ninguém mais se aproximava de Tristão, a não ser o rei Marcos, Gorvenal e Dinas. O amor que nutriam pelo jovem superava qualquer aversão ao mau cheiro.

Mas, como não queria importunar os amigos queridos, Tristão lhes pediu que o colocassem num barco, sozinho com sua harpa, e o lançassem ao mar.

– Não é preciso nem remos, nem vela... O mar se encarregará de levar-me ao destino final, seja a salvação, seja a morte! – exclamou o doente, quase sem forças.

A vontade do jovem guerreiro foi realizada.

Deitado no barco, ao sabor das ondas, Tristão olhava o céu e pensava: "Sei que vou morrer... E só aqui, nesta imensidão do mar, poderei encontrar a paz".

Durante sete dias e sete noites, o mar embalou em suas doces ondas o bravo Tristão, que não deixava de tocar a harpa. E, sem que ele percebesse, o levou para perto de uma praia.

Atraídos pela linda melodia, os pescadores que jogavam suas redes ali perto remaram até o barco. Ao se aproximarem, viram que o jovem já não tinha forças.

– Vamos levá-lo ao porto! Nossa princesa tem um coração tão bom... Quem sabe consiga curá-lo! – decidiram.

Mais uma vez o destino pregava uma grande peça em Tristão: aquele era o mesmo porto de onde Morholt partira. E a jovem de bom coração era Isolda, que já o havia amaldiçoado.

Mesmo sentindo-se fraco, Tristão tratou de arrumar palavras que lhe assegurassem a vida:

– Sou músico... Estava num navio mercante rumo à Espanha, ia aprender a ler as estrelas... quando fomos atacados por piratas. Eles me feriram, mas eu consegui fugir neste barco... – sua voz era bem fraca.

Isolda e os soldados da rainha o escutaram atentamente. Os guardas não reconheceram naquele ser horrível e fétido o formoso guerreiro que matara Morholt. Muito menos a jovem Isolda, que nunca o vira antes.

– Vou usar todos os meus conhecimentos para tentar curá-lo, senhor – prometeu-lhe a bela princesa.

Tristão foi levado para o castelo de Isolda. Depois de quarenta dias, a dedicada jovem já via claros sinais de melhora em seu doente.

O guerreiro estava preocupado. Ele pensava: "Tenho de sair daqui... Logo me reconhecerão". E, numa noite de muita neblina, aproveitou para fugir. Seu único objetivo era reencontrar-se com o rei Marcos. Foi o que fez.

Isolda dos Cabelos Dourados

O rei Marcos tinha quatro sobrinhos, todos barões, que sentiam muito ciúme de Tristão.
– Nosso tio gosta muito mais dele do que de nós! – dizia Andret, revoltado.
– Tio Marcos pretende deixar toda a sua fortuna para Tristão! – Guenelon comentava o que já era sabido de todos.
– Tristão só faz maravilhas. Como pôde derrotar um gigante? E sozinho?! – dizia Gondoïne, morrendo de inveja.
– Como é possível continuar vivo num barco sem vela, alcançar uma terra estranha e ainda ser curado de suas feridas cheias de veneno? – indagava Denoalen.
Assim, com o coração corroído de ódio, envenenaram também o coração dos outros barões, que insistiram junto ao rei:
– O senhor deve casar-se com a filha de um rei, Majestade. Só assim terá um herdeiro legítimo. Se não o fizer, seremos obrigados a guerrear contra o senhor!
O rei Marcos, que não pensava em casar-se e gostava da ideia de ter Tristão como herdeiro, pediu um prazo de quarenta dias aos barões.
– Preciso analisar bem esse assunto – ponderou.
Os dias se passaram. Desanimado, o rei pensava: "Onde vou encontrar a filha de outro rei? E, se encontrá-la, como poderei fingir que a amo para casar-me com ela?".
Naquele exato momento, duas andorinhas entraram pela janela do quarto. Mas se assustaram com a presença daquele homem e voaram para fora. Só que uma delas deixou cair do bico um fio de cabelo, tão loiro e brilhante que mais parecia um raio de luz.
Ao ver aquilo, o rei Marcos teve uma ideia e mandou chamar seus barões e Tristão. Disse-lhes:
– Para contentá-los, senhores, eu tomarei uma esposa;

mas terá de ser aquela a quem escolhi.
– Mas... quem é ela, Majestade? – os barões perguntaram.
– A dona deste fio de cabelo, loiro como a luz que me ilumina! – O monarca entregou o fio a um deles.
– De onde surgiu esse fio de cabelo, Majestade? – indagou um dos barões. – Quem o trouxe?
– Ele vem de uma senhora de cabelos dourados e foi trazido por duas andorinhas. Elas é que sabem de que país o trouxeram – finalizou o rei, acreditando que jamais se saberia quem era a dona daquele fio de cabelo.

Os barões sentiram-se ludibriados, acreditando que Tristão estaria por trás dessa "brincadeira de mau gosto".

Mas Tristão, que recebera os cuidados de Isolda, lembrou-se de seu cabelo dourado como a luz do sol e falou:
– Querido rei, esses homens suspeitam de mim. E isso muito me entristece! Sei quem é essa dama dos cabelos dourados como a luz do sol e irei atrás dela. Por mais perigosa que seja a procura, estou disposto a dar a vida por meu soberano e não descansarei enquanto seu desejo não for satisfeito.

Dito isso, Tristão saiu imediatamente para preparar um navio. Carregou-o com armas, alimentos e bebidas e, acompanhado por Gorvenal e cem jovens e bravos cavaleiros, partiu rumo ao porto de Wisefort, na Irlanda.

Para não levantar suspeitas entre os navegadores irlandeses, que após a morte de Morholt passaram a odiar ainda mais os cidadãos da Cornualha, Tristão pediu-lhes que se vestissem como mercadores da Inglaterra. E assim chegaram ao cais de Wisefort.

Na manhã seguinte, Tristão ouviu urros pavorosos. Chamou uma mulher que se aproximava e perguntou-lhe:
– De onde vem esse barulho ensurdecedor?
– É o rugido de um dragão, o mais terrível e cruel da Terra. Todo dia ele deixa sua toca e fica junto aos portões da cidade. Ninguém pode entrar ou sair até que uma donzela lhe seja entregue. É um horror vê-lo agarrar a jovem e matá-la em

segundos, com aquelas presas enormes! – A mulher, apavorada, tremia só de contar.

– A senhora acha que um ser humano seria capaz de matá-lo?

– Vinte cavaleiros já tentaram. Mas a besta devorou a todos! O rei da Irlanda ofereceu sua própria filha, Isolda dos Cabelos Dourados, como recompensa a quem o conseguir – lamentou ela.

Tristão despediu-se da mulher e voltou ao navio. Em segredo, armou-se para o duelo. Vestiu a malha de ferro, a armadura que protegia seu peito e as costas, o elmo de prata, o escudo e a enorme espada que sempre o acompanhava. Depois de pronto, deixou o barco, ainda no escuro, e foi em direção aos portões da cidade.

No caminho, encontrou cinco homens a cavalo que fugiam da fera. A um deles, que era ruivo, perguntou:

– De onde vem a fera?

Quase sem fala, ele apontou o caminho, por onde Tristão tratou de seguir.

O animal era do tamanho de um urso, o corpo todo coberto de escamas. Seus olhos eram flamejantes, as orelhas pontudas e cheias de cabelos. Tinha as garras de um leão e o rabo de uma serpente.

Tristão não hesitou em avançar com seu cavalo em direção à besta. No impacto, sua lança feriu o corpo escamoso do dragão. Imediatamente, o jovem levantou a espada e atingiu a cabeça do animal. A fera sentiu o golpe. Cravou as garras na armadura de Tristão, jogando-o longe, e, lançando labaredas envenenadas pelas ventas, matou o cavalo.

Mas o bravo guerreiro não desistiu. Aproveitando-se de uma distração da fera, empunhou a espada e cravou-a bem fundo em seu coração. O golpe foi fatal. O dragão caiu ao chão, deu um último urro e morreu.

Tristão cortou a língua do animal e guardou-a em uma de suas botas. Logo em seguida, porém, começou a sentir muitas tonturas, até que caiu desfalecido no capim alto que crescia junto ao pântano. Ele não imaginava que aquela língua também pudesse ser venenosa.

Algum tempo depois, o mesmo cavaleiro ruivo com que Tristão se deparara no caminho encontrou o dragão morto. Tratava-se de um barão que, apaixonado por Isolda, viu ali a oportunidade de ganhar a mão da princesa. Covarde como ele só, resolveu cortar a cabeça da fera e levá-la ao rei. "Direi que eu o matei, e ele terá de cumprir a promessa, dando-me sua filha em casamento", pensava o barão enquanto executava seu plano.

No entanto, o rei não acreditou na valentia do barão e resolveu convocar seus cavaleiros para uma reunião. Todos deveriam testemunhar a prova da morte da fera. Só depois disso o monarca poderia cumprir sua promessa.

Quando Isolda soube que seria entregue em casamento àquele covarde, chamou sua ama e seu escudeiro.

– Quero ver com meus próprios olhos se o dragão está morto mesmo! – E os três dirigiram-se até a toca da fera.

Assim que lá chegaram, viram um cavalo morto junto ao dragão, que estava sem a cabeça. "Este cavalo não pertence aos cavaleiros irlandeses. Os arreios são tão diferentes...", notou Isolda, enquanto continuava a examinar o local.

O escudeiro logo avistou o estranho junto ao pântano.

– Olhem! Há um cavaleiro aqui... E ainda está respirando!

Então apressou-se em ajeitar Tristão no cavalo. Em pouco tempo, estavam todos cavalgando por um caminho secreto rumo ao castelo. Tomaram uma passagem que só eles conheciam e levaram Tristão até a mãe de Isolda, a quem contaram tudo.

– Vou tirar a malha de aço para curar sua ferida... – disse a rainha.

Ao descalçar a bota de Tristão, viu a língua do dragão e entendeu o que se passara. A rainha Isolda então reavivou o rapaz com ervas milagrosas e disse:

– Cavaleiro, sei que foi você quem matou o dragão; mas um de nossos barões afirma ter sido ele. E reivindica minha filha Isolda como recompensa. Será que consegue ficar bom em dois dias para desmenti-lo num duelo?

– É pouco tempo, sinto-me fraco... Mas, se Vossa Majestade me ajudar, poderei curar-me.

A rainha preparou-lhe infusões bem fortes, chás e outras bebidas. No dia seguinte, Isolda, a filha, banhou a ferida e untou-a com pomadas cicatrizantes. Tristão fitava-a nos olhos, sorrindo, e pensava: "Finalmente encontrei a dama dos cabelos dourados".

A princesa também sorriu e dirigiu-se até onde estavam a espada e o escudo do cavaleiro, a fim de limpá-los para a batalha com o barão. Mas, ao levantar a pesada espada, empalideceu. Faltava um pedaço da lâmina. Correu até seu quarto e pegou o fragmento que guardava escondido e aproximou-o da espada de Tristão. Encaixava-se perfeitamente.

Em prantos, Isolda dirigiu-se ao cavaleiro convalescente:

– Você é Tristão, que matou Morholt, irmão de minha mãe. Vai morrer, miserável!

Mesmo enfraquecido, o rapaz sussurrou:

– Deixe-me morrer, então... Mas antes preciso ajudá-la. Sei que devo tudo à senhora, que me salvou da primeira vez, depois que matei Morholt. Mas matei-o em combate leal, não à traição! Agora salvou-me pela segunda vez, curando-me dos ferimentos que sofri ao matar a fera que aterrorizava seu reino havia anos... Se isso a satisfaz, mate-me agora... Mas será que vai estar feliz quando tiver de deitar ao lado de seu futuro marido, o barão, a quem seu pai dará sua mão? – disse Tristão com sinceridade.

– Não sei por que ainda dou ouvido a um forasteiro que matou Morholt! – respondeu Isolda.

– Há pouco tempo, duas andorinhas entraram no quarto de meu tio. Traziam no bico um fio de cabelo tão dourado quanto o sol. Costurei-o junto aos bordados de ouro de minha roupa. Veja... Naveguei até aqui porque sabia onde encontrar a donzela dos cabelos dourados.

Isolda convenceu-se e sorriu. Largou a espada, aproximou-se e beijou Tristão nos lábios.

O barão mentiroso

No dia do encontro do barão com o rei e seus cavaleiros, Tristão enviou a seu navio, que ainda estava ancorado, a seguinte mensagem:
Venham imediatamente ao castelo do rei da Irlanda com seus trajes de gala.
Gorvenal e os cem cavaleiros ficaram contentes ao receber notícias de Tristão. Afinal, já fazia alguns dias que ele desaparera e todos estavam preocupados com a falta de informação.
Ao entrar na sala e avistar, além dos barões do rei da Irlanda, seus próprios cavaleiros, Tristão suspirou aliviado. Os presentes, espantados com os estrangeiros, comentavam:
– Quantas pedras preciosas em suas vestes!
– Essas joias devem valer fortunas!
– Como são garbosos!
Isolda aproximou-se do pai, dizendo:
– Ali está o verdadeiro matador do dragão, meu pai. Seu nome é Tristão. Ele arrancou a língua da fera. Aguinguerran, o ruivo, é um mentiroso, um covarde! Aproveitou que Tristão estava caído e arrancou a cabeça da besta, que já estava morta. Prometa que o senhor vai perdoar o que Tristão fez no passado se ele provar que diz a verdade! – Isolda implorou.
– Pois eu prometo, minha filha... – E beijou Isolda como prova de sua promessa.
O rei chamou Tristão, que se apresentou e mostrou a língua da fera:
– Senhores, esta é a prova de que matei o dragão. Confesso que também matei o gigante Morholt. Mas não foi à traição. Foi num duelo honrado, tratado diante de testemunhas.
Ao barão mentiroso nada restou além de abaixar a cabeça envergonhado.

– Agora – continuou Tristão –, levarei Isolda comigo. Era esse o prêmio para quem derrotasse a fera, não? Ela se casará com o rei Marcos da Cornualha. Aqui estão meus cavaleiros, que poderão provar sua fidelidade à nova rainha.

Ao sinal de Tristão, os cavaleiros levantaram-se e assombraram a todos com tanta fidalguia.

– Que daqui em diante prevaleçam o amor e a amizade entre essas duas nações! – proclamou Tristão.

O coração de Isolda encheu-se de tristeza quando seu pai colocou a mão da jovem sobre a de Tristão, firmando o compromisso. "Ele não me quer para si, mas para seu rei", pensava ela enquanto seus olhos enchiam-se de lágrimas.

A poção

No dia da partida, a rainha Isolda preparou uma poção de ervas e flores e misturou-a a um vinho. E disse a Brangia, a donzela que acompanharia a princesa:
– Leve esta poção escondida com você. É um filtro mágico. No dia do casamento do rei Marcos com minha filha, coloque-o nas taças dos noivos, para que o tomem a sós. O filtro fará com que os dois se apaixonem. Seu efeito durará três anos.

Isolda então despediu-se dos pais e, junto com sua ama Brangia, seguiu no navio de Tristão rumo a Tintagel.

Durante a viagem, Isolda não disse uma só palavra. Inconsolável, chorava o tempo todo. "Preferia estar morta", pensava a jovem.

Após alguns dias, Tristão ordenou que o navio aportasse na praia mais próxima. Os ventos estavam fracos e, além do mais, os marinheiros precisavam de descanso. A bordo ficaram apenas Tristão, Isolda, a ama Brangia e uma pajem.

Era noite de São João, em pleno solstício de verão. Fazia muito calor, e Tristão pediu a Brangia que lhes trouxesse vinho.

O calor era tão intenso que a pajem, preocupada em enxugar as gotas que lhe molhavam o rosto, pegou o vinho que continha a poção do amor e o serviu ao casal, que bebeu de um só gole.

Quando Brangia surgiu e percebeu a forma apaixonada como os dois se olhavam, entendeu tudo e pensou: "O que fizeram, meu Deus? Querida Isolda... Bravo Tristão... Vocês beberam a morte!".

Mas era tarde, tudo estava consumado. Seus corações vibravam de amor em silêncio. Tristão e Isolda já se amavam desde muito tempo.

O jovem guerreiro sentia muito por trair seu tio e rei, a quem levava uma esposa... a mulher que prometera encontrar para ele. Mas o fato é que agora Tristão amava Isolda como nunca amara ninguém.

Durante dois dias, Isolda e Tristão não conseguiram nem comer. Tentavam entender o que se passava em seus corações. No terceiro dia, o audaz cavaleiro se aproximou da tenda onde a moça se protegia do sol.

– Entre, meu senhor... – disse-lhe a jovem.

– Por que ainda me chama de "senhor", Isolda? Eu é que devo tratá-la como minha senhora, minha rainha!

– É o senhor de meu coração! – declarou-se a princesa.

Com o coração pulando de alegria, Tristão beijou os doces lábios da amada. A criada Brangia, que a tudo assistia, caiu em lágrimas:

– Era o rei que devia ter bebido a poção com você, Isolda. Esse caminho que vocês escolheram não tem volta... ele os levará à morte! – profetizou a ama.

Mas Tristão, completamente apaixonado por Isolda, respondeu em voz baixa:

– Que a morte tome então seu caminho!

E Tristão e Isolda se amaram perdidamente.

A intriga

Tão logo avistou o navio do sobrinho, o rei Marcos dirigiu-se à orla para saudar Isolda. Depois de atracar, Tristão tomou a mão da princesa e levou-a até o soberano, que, encantado com a beleza da jovem, conduziu-a ao castelo de Tintagel.

Quando ela entrou no salão principal da fortaleza, as paredes se iluminaram como se fosse o amanhecer.

– Agradeço às andorinhas que me trouxeram seu fio de cabelo dourado como o sol. Não fossem elas, jamais a teria conhecido! – disse o monarca, enquanto beijava as mãos de Isolda e agradecia a Tristão e seus nobres cavaleiros.

Passaram-se duas semanas e realizou-se o casamento, numa comemoração sem igual. Mas, naquela noite, após a festa, a ama Brangia resolveu emprestar sua virgindade a Isolda e tomar seu lugar na cama com o rei. O pretexto era um antigo costume irlandês, segundo o qual na noite de núpcias devia haver a mais completa escuridão. Ela não queria que Marcos percebesse que tanto o coração como o corpo da jovem já tinham um senhor. Na manhã seguinte, Isolda e Brangia trocaram de lugar, sem que o soberano percebesse.

Isolda tornou-se rainha, mas vivia em absoluta tristeza. O rei Marcos a amava, e os barões muito a honravam. Ela tinha tudo: seu quarto era todo enfeitado com flores; os melhores tapetes cobriam o chão que ela pisava; os mais lindos quadros ornavam as paredes que ela fitava; os harpistas mais hábeis deliciavam seus ouvidos. Ainda assim, ela continuava triste. O jovem Tristão, senhor de seu coração, dormia no mesmo aposento, mas ela nada podia fazer.

Os quatro barões, sobrinhos de Marcos, nutriam cada vez mais seu ódio por Tristão e continuavam a envenenar o coração do rei. Diziam:

– O senhor não vê que Tristão ama a rainha?

– Covardes! Vocês tiveram medo de combater o gigante Morholt. Só o bravo Tristão foi capaz de honrar nossa terra. Mas vocês não fazem absolutamente nada, a não ser lançar sobre ele essas terríveis suspeitas.

– É o que se comenta no reino, Majestade... – explicavam Andret e Guenelon.

– Tristão quer ocupar seu lugar e tomar a rainha como sua! – Gondoïne e Denoalen também destilavam seu veneno.

Com a dúvida plantada no coração, o rei passou a espionar os dois jovens. Mas a fiel ama Brangia descobriu o que se passava e advertiu os apaixonados, que trataram de disfarçar, tanto quanto conseguiam, aquele amor impossível.

Mesmo sem nenhuma prova que confirmasse a infidelidade da esposa, o monarca acabou chamando Tristão e lhe disse:

– É melhor que você deixe este castelo, sobrinho. Meu coração tem sido envenenado por calúnias. Estão dizendo que você me trai. Não acredito, mas mesmo assim convém que se afaste daqui. Sua ausência permitirá que nossas almas se acalmem. E lembre-se: você ainda é muito querido para mim.

Arrasado, Tristão chamou Gorvenal para ajudá-lo na partida. Assim que transpuseram o fosso que circundava o castelo, o abatido rapaz pediu pousada na casa de um camponês.

Tristão adoeceu de tristeza, sentindo-se ainda mais atingido do que fora pelo gigante Morholt.

– Minha Isolda, a ferida maior que trago é a de não poder vê-la ou falar-lhe – dizia ele em voz baixa.

Trancada em um quarto, a rainha também chorava de saudade do amado:

– Não aguento fingir uma felicidade que não sinto. Só quero dormir e sonhar com meu amor.

Vendo tanto sofrimento, a ama Brangia decidiu procurar Tristão. Ao avistá-la, Gorvenal correu para abrir-lhe a porta, dizendo:

– Que bom que veio, Brangia. Tristão está morrendo... morrendo de amor!

– Sei de um modo de fazer Tristão e minha rainha se encontrarem novamente. – E Brangia detalhou seu plano.

Atrás do castelo de Tintagel havia um pomar com inúmeras árvores e pássaros. A mais alta era um pinheiro. À sua base nascia um lindo riacho, que descia as pedras em pequenas cascatas e fluía para dentro do castelo, passando pelos quartos das mulheres.

Brangia sugeriu que toda noite Tristão cortasse algumas lascas do pinheiro em formato de cunhas. Ao vê-las flutuando no quarto das mulheres, Isolda reconheceria o sinal do amado e sairia do castelo para encontrá-lo junto ao pinheiro.

E assim foi feito. Durante muitas e muitas noites, o casal encontrou-se sob a ramagem daquela árvore.

Mas os sobrinhos de Marcos não desistiam de destilar veneno no coração do rei:

– Existe um mago, o anão Frocin, que conhece todas as armadilhas e segredos do coração. Ele vai lhe mostrar onde se escondem Tristão e Isolda.

E o feiticeiro foi levado à presença do monarca.

– Deixe os cavalos selados e os cães prontos. Anuncie que partirá para uma caçada de sete dias na floresta. Pouco antes da meia-noite, levarei Vossa Majestade ao local em que poderá se certificar da traição de seu sobrinho e sua esposa – sentenciou Frocin.

Mesmo contra a vontade, o rei Marcos seguiu as instruções do feiticeiro. Subiu no alto do pinheiro que lhe fora indicado, levando arco e flechas, e ficou à espreita. Naquela noite, a lua brilhava mais do que nunca. O soberano ficou escondido até que viu aparecer seu sobrinho, que jogava lascas de pinheiro pela corrente do riacho.

Ao inclinar-se sobre as águas, porém, Tristão viu a imagem do monarca refletida. Pensou: "E agora? Como avisar Isolda de que o rei nos está vigiando?". Sua vontade era recolher as lascas de madeira, mas já era tarde.

Em poucos minutos, Isolda se aproximou sem nada desconfiar. Mas, ao olhar para Tristão, percebeu o sinal que ele lhe fazia indicando que havia algum problema. Olhou para o riacho, tentando encontrar os olhos do amado, e entendeu a mensagem velada: "A imagem de meu marido refletida! Ele está no alto do pinheiro, espreitando-nos!".

O leve barulho da flecha encaixando-se no arco quebrou o silêncio daquele momento. Isolda respirou fundo e disse, em alto e bom som:
– Tristão, por que me chamou no meio da noite para esta floresta? Sei que devo a vida a você, que me trouxe para seu tio, a quem tanto amo e respeito... Explique o motivo, eu lhe peço.
– Senhora rainha, peço desculpas pela hora e pelo lugar. Mas sei que estão tramando contra o rei. Fizeram de tudo para ele me odiar, mas eu nem ao menos sei o motivo. Saberia dizer-me o porquê?
– Ah, Tristão, nem posso imaginar... Dei meu coração e meu corpo àquele com quem me casei. Amo meu marido e não posso entender o motivo de suas suspeitas. E se ele soubesse que vim até aqui, certamente me mandaria queimar numa fogueira e jogaria minhas cinzas ao vento! – disse Isolda, começando a chorar.
Mais tranquilo, no alto do pinheiro, o rei sorriu, sentindo pena da mulher.
– Rainha... – disse Tristão – ajude-me, em nome de Deus!
– Deus haverá de ajudá-lo, meu irmão e amigo – respondeu Isolda, ainda tremendo. – Deus estará do seu lado.
– Vou partir, minha rainha... para bem longe. Espero que o rei me perdoe por amá-lo tanto e à sua esposa também. E que ele permita que eu siga meu caminho.
E, assim, os dois se despediram.
Isolda correu a seu quarto, caindo nos braços de Brangia.
Após deixar o pinheiro, o monarca mandou chamar o mago Frocin e o expulsou de Tintagel. "Tristão e Isolda são inocentes. Era tudo uma trama para separar-me de minha esposa", concluiu aliviado.

A descoberta

Marcos logo fez as pazes com Tristão, que retornou ao castelo. O rapaz voltou a dormir nos aposentos do rei e da rainha, junto com os hóspedes mais íntimos do monarca. Podia entrar na fortaleza ou dela sair quantas vezes quisesse.

Generoso, Marcos acabou por perdoar também seus sobrinhos e o mago. Mas sua bondade alimentou ainda mais a ira dos barões, que o ameaçaram:

– Se Vossa Majestade não expulsar Tristão, vamos sair daqui e chamá-lo para uma batalha!

– Como pode ser tão cego, meu tio? Tristão ama a rainha, não como soberana que é, mas como mulher!

O rei suspirou em silêncio.

– Chame o mago novamente. O senhor há de convir que ele acertou daquela vez. Disse que a rainha apareceria à noite, sob o luar, e ela apareceu... – sugeriu um deles.

– É verdade! Frocin pediu que o senhor ficasse no alto do pinheiro e que de lá veria tudo com seus próprios olhos... – o outro continuou.

Marcos acabou se convencendo e mandou chamar o feiticeiro imediatamente.

– Majestade – o anão começou a falar –, dê uma carta bem selada a seu sobrinho. Ele deverá levá-la ao rei Artur, em Carduel. Peça-lhe que não comente nada com ninguém. Se ele ama mesmo a rainha Isolda, não deixará o palácio sem se despedir dela. Se partir sem vê-la, então Vossa Majestade pode me matar.

Depois de o rei ter concordado, o mago fez algo terrível: escondeu um pouco de farinha no casaco e voltou ao castelo sem ser visto.

Naquela mesma noite, o soberano entregou a carta a Tristão, recomendando-lhe que não falasse com ninguém a respeito.

Frocin, que estava escondido, jogou a farinha entre as

camas dos amantes. Ele pensava: "Tristão dorme tão perto... não partirá sem se despedir da rainha. E, ao pisar na farinha, deixará a marca dos pés. Então o rei ficará sabendo que ele esteve com Isolda antes de partir".

Mas Tristão, muito esperto, viu tudo por trás de uma cortina. "Esse anão está preparando uma armadilha para mim... a farinha é para marcar meus passos. Vou pular o rastro de pó e ninguém vai perceber que me despedi de minha querida Isolda", pensou o jovem.

O rei não estava na cama, e sua esposa tinha um sono tão leve que um beijo a acordaria. Tristão saltou sobre a farinha. Pobre herói... Na manhã anterior, fora atacado na perna por um javali, e gotas de sangue pingaram sobre o pó, denunciando que alguém ferido estivera perto de Isolda.

"Estou perdido. Tinha esquecido da ferida em minha perna! O sangue vai revelar que estive perto de Isolda", pensou Tristão enquanto voltava para a sua cama. A rainha virou para o lado, fingindo dormir.

Naquele exato momento, o rei, o mago e os quatro barões surgiram no quarto empunhando velas. Frocin mostrou ao monarca o sangue caído na farinha, e os outros apontaram o rastro perto da cama de Isolda.

– Você vai morrer, Tristão! – o rei mal conseguia falar, de tanto ódio.

– Tenha misericórdia, Majestade! – implorou o jovem.

– Faça justiça, tio – os quatro barões exigiam vingança.

– Tenha piedade, não de mim, mas da rainha – continuou o herói. – Seus barões covardes só querem vingança. Que se vinguem então de mim, não de sua esposa, que nada fez. – E ajoelhou-se aos pés do soberano. – Eu a amei verdadeiramente, senhor, mas nunca fui correspondido...

Tristão fez de tudo para que o rei perdoasse a rainha, mas nada conseguiu. Marcos, com a fisionomia talhada em pedra, negou-lhe até o direito de batalha. A armadilha tramada pelos quatro covardes havia funcionado.

Os barões amarraram os amantes com cordas diante do monarca, que assistiu a tudo impassível.
Logo as notícias correram pelo reino:
– Tristão e a rainha foram condenados à morte!
– Foram apanhados juntos!
– E nem vão ser julgados!
O rei ordenou que cavassem um buraco perto do fosso do castelo e que o enchessem com plantas espinhosas. Os corpos dos dois seriam queimados junto com os espinhos. Tudo o que ele queria era vingança.
Em seguida, o soberano mandou reunir os cavaleiros da Cornualha, que rapidamente chegaram em seus cavalos.
– Tristão e Isolda serão queimados vivos, pois pecaram contra o rei – anunciou Marcos.
Os cavaleiros, no entanto, clamaram por julgamento. Todos amavam Tristão e a rainha e não queriam que morressem.
– Matar sem julgamento é crime – ousou dizer um deles.
Marcos, porém, respondeu com muita raiva no coração:
– Nem julgamento, nem perdão ou orações para a desonra que cometeram. Por Deus que criou o mundo, se alguém se opuser à minha ordem, será queimado primeiro!
Assim, ordenou que acendessem o fogo e trouxessem Tristão. As chamas começaram a arder. Os guardas subiram até o quarto onde o jovem era vigiado. Enquanto o arrastavam para fora do quarto, Isolda gritava:
– Minha maior alegria seria morrer em seu lugar, Tristão!
Eles seguiram em frente. Ao passarem perto de uma igrejinha, a caminho do fosso onde ardia a fogueira, Tristão implorou aos guardas:
– Queria lhes pedir um favor: gostaria de parar um pouco aqui na igreja. Quero pedir perdão a Deus, já que minha morte está próxima. Não poderei fugir. Vocês estão com suas espadas, e eu nada tenho, a não ser um coração machucado.
– Deixe-o entrar – concordou um dos guardas.
Tristão entrou na igreja e ajoelhou-se no altar. Quando

abriu os olhos, viu uma janela no alto da nave e pensou: "Está aberta! Vou subir e atirar-me do alto. Melhor morrer de uma queda do que queimar numa fogueira diante de todos".

Subiu e pulou. Mas Deus teve piedade dele e enviou um vento forte, que embalou seu corpo e amorteceu a queda, lançando-o sobre um arbusto.

O bravo guerreiro deixou os guardas esperando à porta da igreja e saiu correndo. A caminho da praia encontrou Gorvenal, que também fugia do monarca.

– Ao saber de sua fuga, o rei Marcos quis me queimar em seu lugar, caro amigo. Mas consegui escapar. Tome esta espada... – Gorvenal mal conseguia falar.

Inconformado com a morte iminente de sua amada, Tristão queria libertá-la a qualquer custo, mas o amigo tratou de dissuadi-lo.

Isolda, por sua vez, chorou de alegria ao saber da fuga do amado. O rei Marcos, entretanto, com um ódio cada vez maior, arrastou-a do quarto até a fogueira.

Desesperada, a multidão implorava:

– Tenha piedade!

– Isolda é uma rainha leal e honrada!

Cerca de cem leprosos amontoavam-se para assistir à morte da rainha. Seu líder, Ivan, sugeriu em voz alta:

– Por que não a entrega para nós? Assim ela arderá em vida, o que lhe será muito pior que a morte!

O rei ouviu a sugestão do leproso e sorriu, pensando: "É verdade, uma rainha acostumada com joias, sedas e veludos, bons vinhos e boa música sofreria para sempre com o corpo cheio de chagas, cobertas por panos rudes e imundos, alimentando-se de restos de comida".

E dirigiu-se a Isolda, que imediatamente percebeu a intenção do soberano, só de olhar em seus olhos.

– Prefiro morrer queimada! – gritou com toda a força.

Marcos ignorou os gritos e o choro da esposa e entregou-a aos leprosos. A multidão gritava, pedindo perdão para a rainha, mas o rei não voltou atrás.

Ivan e os cem leprosos ladearam Isolda, conduzindo-a para fora da cidade. Tomaram o rumo da praia, que os levaria até sua morada. No caminho, porém, deram com o bravo Tristão e seu amigo Gorvenal. O jovem ficou horrorizado ao ver que os leprosos mantinham sua amada como cativa e gritou:

– Tomem suas muletas como espadas e enfrentem-me!

Imediatamente os doentes levantaram suas muletas como armas em batalha. Tristão e Gorvenal os combateram bravamente, derrotando-os um a um.

Tristão tomou em seus braços a rainha, que desfaleceu de tanta felicidade. O jovem cortou as amarras que prendiam as mãos da amada e colocou-a no cavalo. E os três adentraram apressados pela espessa floresta, cavalgando até o pôr do sol.

Já era noite quando Isolda despertou. Tinham acampado em uma clareira. Gorvenal conseguiu de um caçador um arco e duas flechas, e Tristão, com sua pontaria certeira, matou uma corça. Fizeram uma fogueira com a ramagem seca, assaram a caça e se saciaram. Depois adormeceram de cansaço.

Na manhã seguinte, Tristão cortou galhos de uma árvore frondosa e fez uma cabana, guarnecendo-a com folhas. Foi nessa habitação rústica, no coração da floresta, que o casal apaixonado pôde viver em paz sua história de amor.

Tristão tinha um cachorro fiel chamado Husdent, que, morrendo de saudade do dono, saiu farejando seus passos e, após vaguear vários dias pela floresta, encontrou seu amo, que se encheu de alegria.

Durante o dia, Tristão passou a caçar acompanhado de seu cão. À tarde, quando voltava à cabana, Isolda o esperava com a fogueira acesa. Então assavam a carne, comiam e conversavam por longas horas.

Às vezes, apenas se olhavam. Pelos olhos, mediam seu amor e suas esperanças embaladas pelo suave crepitar da chama da fogueira.

Pobres apaixonados... Com o tempo, suas roupas foram ficando sujas e rasgadas. Suas faces perderam o brilho e o frescor; os braços, outrora rosados, traziam a pele áspera e cinzenta, machucada pelos espinhos. Mas para o amor nada disso importava; bastava estarem juntos.

Certo dia, andavam por um caminho desconhecido quando encontraram o ermitão Ogrin, que logo os reconheceu. Não havia ninguém naquele reino que não soubesse da fuga do jovem casal.

– Tristão, o rei Marcos proclamou pelas igrejas da Cornualha que dará uma grande recompensa em ouro para quem aprisionar vocês. Os barões estão a sua procura. Eles os querem vivos ou mortos. Peçam perdão ao soberano! – disse o ermitão, levantando seu cajado.

– Mas do que devo me arrepender, Ogrin? Que crime cometi? Livrar a esposa do rei das mãos dos leprosos? Não. Eu a conquistei, e agora ela é minha – respondeu Tristão, olhando apaixonadamente para Isolda. E os dois retornaram à cabana na floresta.

Tristão e Gorvenal tinham de caçar muito. Os três se alimentavam apenas de frutas, raízes e carne de caça. Mas o sabor do sal lhes fazia uma falta impressionante. Isolda ficava sozinha e, muitas vezes, conversava com o cão Husdent, seu único amigo naquelas paragens.

Um dia, ao voltar de uma caçada extremamente cansativa, Tristão não queria nada a não ser dormir. Deitou-se sem mesmo tirar a roupa, largou a espada a seu lado sobre a cama e dormiu. Isolda deitou-se ao lado do amante, deixando a espada entre eles, e também adormeceu.

Um lenhador que passava por ali avistou a cabana no meio da floresta e se aproximou. Viu os jovens que eram procurados em todo o reino dormindo lado a lado daquela maneira. Rapidamente, cavalgou até Tintagel e procurou o rei Marcos em seu castelo.

– Eu vi seu sobrinho Tristão e a rainha Isolda numa cabana na floresta, senhor – disse o homem, morrendo de medo do rei.

O monarca empalideceu:

– Sabe apontar-me o lugar exato?

– Sim, Majestade. Dormiam lado a lado. É melhor que o senhor mesmo veja.

– Encontre-me na encruzilhada sob a cruz. Sabe onde fica? – disse o soberano, abaixando a voz para que nenhum dos barões ouvisse a conversa. – E não conte a mais ninguém o que viu. Você receberá a recompensa – prometeu o soberano.

Tão logo o homem partiu, Marcos selou o cavalo, armou-se com sua espada e cavalgou até a encruzilhada. Lá chegando, encontrou o lenhador e lhe disse:

– Vá na frente e leve-me até eles.

A caminho da cabana, o rei levou a espada ao peito, pensando: "Hoje um de nós vai morrer".

Depois de muito cavalgarem, o caçador apontou a cabana. O monarca deu-lhe a recompensa e pediu que partisse dali.

Quando Marcos se aproximou da janela, viu que Tristão e Isolda dormiam numa cama feita de folhas e flores macias, com a espada do sobrinho separando seus corpos. O rei entrou na cabana em silêncio, temendo que um dos dois acordasse.

Espantou-se com o que viu, e pensou: "Meu Deus! E eu que queria matá-los... Eles têm vivido juntos neste lugar desprovido de qualquer conforto, dormindo vestidos, lado a lado, separados por uma espada... a espada da fidelidade! Isso mostra que não se amaram nem uma só vez e que me respeitaram o tempo todo. Não vou acordá-los. Mas deixarei que saibam que estive aqui, que os vi e os perdoei".

O rosto de Isolda estava pálido. Um raio de sol teimava em escapar do teto baixo da cabana, iluminando-lhe a face. Com pena da esposa, o rei inclinou-se e tapou o buraco com uma de suas luvas de pele, presente da própria Isolda. Depois, retirou cuidadosamente a espada de Tristão, colocando a sua no lugar.

E, antes de sair, viu com pesar que o anel de esmeralda que dera à rainha caía-lhe do dedo, tão magro estava. Tirou-o devagar, substituindo-o por aquele que usava em seu próprio dedo, também presente da esposa. Depois partiu, com o coração consumido pelo remorso.

Isolda acordou e assustou-se ao ver que a luva de Marcos tapava o teto da cabana e que o anel do marido substituíra o seu. Exclamou:

– Ah, Tristão! O rei encontrou-nos aqui.

O herói levantou-se e, examinando o chão à sua volta, respondeu:

– Sim, Isolda... e levou minha espada! Veio sozinho e vai voltar brevemente, trazendo seus guardas. Vamos chamar Gorvenal e partir agora mesmo.

E assim o fizeram.

O eremita Ogrin

Tristão encontrou um lugar bem escondido e pediu a Isolda que lá entrasse e esperasse por ele. Gorvenal se instalou perto dali.

– Preciso caçar. Em breve trarei comida – disse Tristão a Isolda e ao amigo e partiu.

Naquele dia, completavam-se os três anos que deveria durar o efeito do filtro que os dois haviam tomado. Era novamente verão e noite de São João. Ao voltar para o esconderijo, Tristão sentou-se um pouco para descansar. De repente, sentiu-se totalmente liberado do efeito da poção mágica.

Mas seus pensamentos não paravam: "Por que o rei não nos matou? Ele tinha duas espadas, a dele e a minha... E por que deixou sua espada comigo? Ah, Deus! Bem posso imaginar o motivo. Será que sentiu pena? Ou seu coração finalmente entendeu tudo o que fiz por ele? Deixei minha terra para me dedicar a ele; para livrar seu povo, matei o gigante Morholt; fui fiel e dedicado, honrei sua corte e sua esposa, a quem arrastei para o meio da floresta... Ah, querido tio, por que não executou sua tarefa cravando a espada em meu peito? Seria muito melhor que Isolda voltasse a viver no seu castelo, envolta em sedas e veludos, do que acabar com sua juventude em meio a feras e espinhos da floresta. Oh, Senhor, eu vos clamo: dai-me forças para devolver Isolda ao rei!".

Isolda, por sua vez, enquanto aguardava o retorno do amado, olhava para o anel que brilhava em seu dedo e pensava: "Quem me ofereceu esta joia foi o mesmo homem que me lançou aos leprosos, o mesmo homem que me amou e amou Tristão um dia. Deus, o que foi que eu fiz? Arrastei Tristão para a floresta, tirando-lhe todo o conforto que possuía. Por minha causa ele hoje é procurado como um cervo em dia de caça, sem ter tido nenhum direito de defesa!".

Ao ouvir os passos do herói voltando da caçada, Isolda correu a seu encontro, tentando disfarçar as lágrimas.

– Deixe comigo seu arco e as flechas – disse ela, enquanto aliviava o peso das armas do rapaz, tomando também a espada. – Esta é a espada do rei. Ele devia ter nos matado, mas decidiu poupar-nos! – Levou-a à boca e beijou-lhe o cabo de ouro. Só então Tristão percebeu o rosto da jovem molhado de lágrimas.

– Isolda, muito acalmaria meu coração se eu fizesse as pazes com o rei. Queria poder fazê-lo entender que o amor que sinto por você nunca foi ultrajante para ele. Poderia lutar com qualquer homem do reino para provar que digo a verdade. Seria a única forma de fazer com que ele a aceitasse de volta. Eu então seguiria sozinho com Gorvenal para a Bretanha. Mas, onde quer que eu fosse, você seria a única rainha a governar meu coração. Chega de sofrer ao meu lado, de passar por tanta miséria... – disse o rapaz, olhando docemente para a moça.

– Em todo esse tempo que vivemos na floresta, suportando tantas privações, você nunca me falou dessa forma. O que o faz agora pensar em me devolver ao rei? – disse Isolda.

– Minha querida, Deus é testemunha de que meu amor por você é mais forte que nunca. Mas hoje faz três anos que bebemos a poção que sua mãe preparou. Percebi que de repente o efeito do filtro tinha passado. Só então, liberado dessa força mágica, fui capaz de pensar em devolvê-la ao rei, para seu próprio bem. Mas meu amor por você não passará jamais.

– O que você fala é verdade, Tristão. Também eu me sinto livre do sortilégio. Apesar disso, nosso amor continua, como você diz, mais forte ainda. E agora deixou de ser efeito de magia, de uma força exterior a nós, invencível e fatal. É por isso que só agora podemos conceber a ideia de nos separarmos.

– Você me entende e pensa como eu, minha amada. A partir de agora somos nós que devemos decidir os rumos de nossas vidas – completou Tristão, com um ar pensativo.

– Tristão, vamos falar com Ogrin e pedir-lhe que interceda por nós junto ao rei. Marcos o tem em grande conta!

O herói concordou, e, juntos, os dois acordaram Gorvenal. Isolda montou o cavalo, e Tristão o conduziu pelas rédeas durante toda a noite, sem dizer uma só palavra. Pela manhã, chegaram ao local onde Ogrin vivia. Assim que os avistou, o eremita chorou de emoção.

– Queridos amigos, vejam como o amor os levou a cometer loucuras. Espero que estejam arrependidos de sua fuga! – exclamou.

– Ogrin, ajude-nos a entrar em acordo com o rei – pediu Tristão. – Entregarei a rainha Isolda e em seguida partirei para a Bretanha ou mesmo para a Frísia. E, se porventura o monarca me quiser de volta a seu convívio, retornarei para servi-lo como sempre fiz.

Isolda jogou-se aos pés do eremita, dizendo:

– Não pedirei desculpas por amar Tristão. Vou amá-lo para sempre, ainda que vivendo junto ao rei.

Ogrin levantou-se e agradeceu a Deus por permitir que ele, um ancião da floresta, intercedesse junto ao rei pelo arrependimento do casal. Depois, entrou em sua cabana, escreveu o pedido de perdão e recomendou a Tristão que o selasse com seu anel.

Naquela mesma noite, o jovem tomou a estrada em direção ao castelo. Esgueirando-se como um fugitivo, chegou sob a janela perto de onde Marcos dormia e sussurrou seu nome. O rei despertou e olhou em volta. Abriu a janela e espiou por entre as ramagens.

– Quem me chama a esta hora da madrugada?

– É Tristão, Majestade... Trago um pedido ao senhor. Vou deixá-lo aqui. Espero sua resposta na encruzilhada sob a cruz.

O soberano ainda tentou chamar o sobrinho de volta, mas o rapaz já havia desaparecido no meio da noite. Gorvenal o criticara por ter tomado tal atitude e o apressara para que saíssem dali o mais rápido possível.

Quando voltaram à cabana do eremita, viram que Ogrin se mantinha ajoelhado em oração e que a pobre Isolda chorava num canto, lamentando seu destino.

O pedido de perdão

O rei Marcos acordou o capelão do castelo e pediu:
– Leia o pedido de meu sobrinho, por favor – e estendeu-lhe a carta.
O capelão tirou o lacre e leu:

Ao rei Marcos, todo o meu amor e fidelidade.

Há algum tempo, enquanto seus barões divertiam-se, saí para lutar com o gigante Morholt e o venci em combate. Depois, enquanto todos bebiam e ouviam boa música, matei uma fera terrível, conquistando a princesa Isolda para Vossa Majestade; podia tê-la tomado como esposa, mas não o fiz, preferindo ser-lhe fiel e levando-a a sua presença. Mesmo assim fui alvo das mentiras de seus barões invejosos e covardes, que não pouparam ataques a minha honra e à da rainha. Com todas as calúnias que lançaram sobre nós, por pouco não morremos queimados na fogueira, sem direito a julgamento. Mas Deus, compassivo, salvou-me da morte quando pulei da janela da igreja. Ao socorrer Isolda do convívio dos leprosos – lançada a eles pelo próprio rei –, tornei-me um fugitivo. Ficamos vivendo na floresta.

Mas sempre estive pronto a mostrar minha lealdade a Vossa Majestade. Posso enfrentar qualquer um em batalha para provar isso. Se o monarca não quiser mais que eu lhe sirva como cavaleiro, partirei para servir algum outro rei, e jamais ouvirá falar em meu nome.

Espero que aceite a rainha Isolda e que ela possa reinar ao seu lado novamente.

O rei conferiu mais uma vez o lacre de Tristão e sorriu, finalmente de felicidade. Sim, ainda amava a rainha e queria tê-la de novo a seu lado. Mandou chamar os barões e contou-lhes o que acontecera, mostrando o pedido de desculpas de Tristão, enviado pelo sábio eremita da floresta. Como eles nada respondessem, Marcos releu a carta, solicitando que o aconselhassem.

Mas os barões da Cornualha tinham entendido tudo. Eles refletiam: "Tristão quer guerrear conosco. É melhor que o rei aceite a rainha de volta e que ele fique longe deste país. Assim, estaremos a salvo de sua ira e de sua espada".

– Acho que deve aceitar as desculpas de Tristão, senhor – disse um deles, dando um passo à frente.

– Sim, e deixe-o ir para outro reino – ponderou outro.

– E que devolva logo a rainha – insistiu o terceiro deles.

– No dia e na hora que melhor aprouver a Vossa Majestade – concluiu o último.

Então o rei interpelou seus falsos barões:

– E ninguém mais vai acusar meu sobrinho de traição?

Todos ficaram em silêncio. O monarca então ordenou ao capelão que o pedido de desculpas fosse redigido o mais rápido possível e pendurado na encruzilhada sob a cruz.

À meia-noite, Tristão encontrou a carta e levou-a ao eremita. Ogrin leu-a e deu a boa notícia aos dois. E acrescentou:

– No entanto, o rei dispensa os serviços de Tristão, que deverá partir em três dias.

O rapaz suspirou de tristeza. Sim, ele amava Isolda e sabia que era correspondido, mas nunca poderiam pertencer um ao outro. Ajoelhou-se aos pés da rainha e disse:

– Vou levá-la de volta ao rei. Mas, mesmo distante, enviarei um mensageiro para ver como está. Se precisar de mim, voltarei imediatamente.

Isolda deixou cair uma lágrima, suspirando:

– Tristão, deixe Husdent comigo. De agora em diante, ele será meu companheiro fiel. Fique com meu anel de jade.

Se alguém vier falar em seu nome, saberei que é verdade apenas se trouxer esta joia consigo. Não existirá proibição real que me impeça de ir a seu encontro.

O jovem levantou-se e assobiou para Husdent. O cachorro aproximou-se do dono e, a sua ordem, aconchegou-se junto de Isolda. Em seguida, Tristão tomou as mãos da amada entre as suas. A rainha aproximou-se, e os dois selaram a despedida com um beijo... o mais doce e triste do mundo!

A prova da brasa

Os barões sentiram-se seguros por um bom tempo. Tristão estava longe e não representava mais nenhum perigo. Um dia, porém, Denoalen, Andret e Gondoïne voltaram a destilar seu veneno:

— O senhor condenou e depois perdoou a rainha sem julgamento. Mas o certo seria ela provar sua inocência. Faça-a submeter-se à prova da brasa. Assim nunca mais ninguém duvidará de que ela falou a verdade.

Irritado com as suspeitas que sempre levantavam contra Tristão e Isolda, o rei expulsou seus sobrinhos do reino.

Ao retornar a seu quarto, Isolda percebeu o olhar de irritação do marido e perguntou-lhe o que havia acontecido. Marcos contou tudo à esposa, que respondeu, dizendo:

— Estou pronta para segurar a brasa. Mas gostaria que estivessem presentes o rei Artur, os senhores Gawain, Girflet e Kay, o senescal. Peço também a presença de cem cavaleiros, dentre eles seus barões, e que a cerimônia do ferro em brasa seja à margem do rio.

Sorridente, o rei consentiu. Assim poderia acabar de uma vez por todas com as difamações de seus barões. Saiu e deixou Isolda sozinha.

A rainha tinha agora um problema. Teria de fazer um juramento, tomando Deus por testemunha, e em seguida segurar um ferro em brasa. Se dissesse a verdade, nada lhe aconteceria; mas, se mentisse, além de se queimar, iria provocar a cólera divina.

Depois de muito pensar, Isolda teve uma ideia. Enviou o escudeiro Perinis até Tristão, com instruções para seu amado. Ele deveria vestir-se com roupas de mendigo, a fim de não ser reconhecido, e em dez dias teria de estar à margem do rio, local onde ela passaria pela prova do ferro em brasa.

Imediatamente Tristão concordou e mandou Perinis dizer a Isolda que ele estaria no local, no dia da prova.

No dia marcado, Isolda vestiu-se com suas melhores roupas. Acompanhada pelo rei, seus barões e cavaleiros, cavalgaram até a margem esquerda do rio.

Lá chegando, Isolda desceu do cavalo. Estava ansiosa por avistar Tristão. Assim que o localizou, suspirou aliviada. E disse:

– Senhores, como posso chegar à outra margem, onde está o rei Artur e onde deverei fazer o juramento, sem atolar-me em lama de rio? Tragam um barqueiro. Quem sabe aquele mesmo, ali adiante, possa levar-me até o outro lado. – E apontou para Tristão, que parecia um verdadeiro miserável.

O rei ordenou ao mendigo que a carregasse até a outra margem. O homem assentiu com a cabeça. Suas vestes eram trapos, e um manto mais rasgado ainda lhe cobria a cabeça, de onde saíam os cabelos sujos. Ele tomou a rainha nos braços e, enquanto atravessavam o rio, Tristão lhe disse sussurrando:

– Minha querida...

Chegaram diante do rei Artur. O mendigo a colocou no chão. Isolda apresentou-se e, em seguida, tirou todas as suas joias, o manto vermelho, seus finos sapatos e o vestido, mantendo apenas como veste uma túnica de tecido bem alvo.

A moça tremeu, levando a mão direita ao coração, e proferiu o juramento:

– Senhores, por Deus e tudo o que me é mais sagrado, eu juro que nenhum homem me teve em seus braços, a não ser o rei Marcos, e esse pobre mendigo que me trouxe até aqui... – E dirigiu-se ao braseiro que ardia como nunca.

Todos empalideceram. Isolda pegou as brasas com as mãos nuas e, depois de dar alguns passos carregando-as, colocou-as de volta. Em seguida, para o espanto de todos, mostrou as mãos sem uma marca sequer.

– Ela é inocente! – todos murmuravam.

O rei Marcos tomou a esposa nos braços e finalmente ajoelhou-se a seus pés, pedindo perdão.

O sino encantado

Tristão ainda ficou três dias em Tintagel. Depois concluiu que o melhor que ele tinha a fazer era afastar-se da Cornualha. E partiu para o País de Gales, onde foi recebido com toda a pompa pelo duque Gilain, um jovem franco, risonho e muito poderoso.

O duque fazia de tudo para alegrar a estada de seu convidado. Mas, por mais aventuras ou banquetes que inventasse, o coração de Tristão continuava triste.

Um dia, sentado ao lado de Gilain, Tristão viu o cachorro mais lindo que alguém poderia imaginar. O duque o recebera de presente de uma fada. A beleza do cãozinho era indescritível. Seu pelo era tão macio que podia ser comparado à mais fina seda; tinha as tonalidades do arco-íris, que mudavam quando ele saltava. Em seu pescoço, tilintava um pequeno sino de ouro, com um som tão doce que alegrava qualquer coração, até mesmo o de Tristão.

"Gostaria de ficar com esse cãozinho. Ele me deixa tão feliz! Na verdade, queria dá-lo a Isolda, para que também sentisse a felicidade que sinto agora", pensou o jovem. Mas ele sabia que o duque Gilain amava muito aquele cachorro encantado, e não ousava pedi-lo.

Então teve uma ideia: lembrou-se de que havia naquelas terras um gigante chamado Urgan, que aterrorizava a todos. Resolveu arriscar:

– O que o senhor daria de presente ao homem que libertasse seu povo do terrível Urgan?

Gilain ficou pensativo por alguns momentos, até que respondeu:

– O vencedor poderia escolher o que quisesse; eu lhe daria de bom grado. Mas ninguém jamais iria combatê-lo – lamentou o duque.

— Pois eu estou pronto para fazê-lo agora mesmo! – disse Tristão, ficando em pé.

Muito feliz, o duque desejou ao bravo cavaleiro que Deus o protegesse naquele combate.

Tristão armou-se e cavalgou até encontrar Urgan em sua toca. Os dois travaram um longo e duro duelo. O gigante possuía uma enorme clave e com ela tentava acertar a cabeça do adversário. Mas o jovem, muito mais ágil, desfechou com sua faca um golpe certeiro na mão direita do gigante, cortando-a.

De volta ao castelo do duque, Tristão lhe entregou a mão do gigante, que mal cabia em si de contentamento, e lhe disse:

— Como recompensa por ter derrotado Urgan, gostaria de receber seu cãozinho encantado.

Gilain não hesitou em cumprir sua promessa e deu o cachorro a Tristão, que em pouco tempo, e com a ajuda de amigos, conseguiu fazer o lindo animal chegar até sua amada.

Isolda chorou de felicidade ao ouvir o sino encantado do cãozinho. Para que seu marido não percebesse que era presente de Tristão, disse-lhe que fora enviado por sua mãe.

A rainha passou dias maravilhosos. Depois de algum tempo, porém, pensou: "Não é justo que Tristão sofra enquanto sou feliz. O melhor é que eu sofra ao mesmo tempo que ele". E lançou o sininho ao mar.

Isolda das Mãos Brancas

Junto de Gorvenal, Tristão vagou por mares e terras distantes durante dois longos anos. Da Bretanha para a Alemanha e de lá para a Espanha, sem jamais receber notícia da Cornualha. "Isolda me esqueceu", pensava.

Um dia, quando os dois amigos cavalgavam por uma planície arruinada, encontraram um velho ermitão.

– Isto aqui era tão bonito! O que aconteceu? – indagaram.

– Este lugar, propriedade do duque Hoël, era rico em pasto e em animais. Mas o conde Riol, de Nantes, vassalo de Hoël, queria tomar sua filha como esposa. O duque não concordou, e o conde e seus homens atacaram estas terras, arrasando tudo.

Tristão perguntou:

– A que distância fica o castelo do duque?

– A três quilômetros daqui, senhor, naquela direção – apontou o ermitão.

Tristão e Gorvenal pediram ao velho que os acolhesse naquela noite. Ele concordou. Na manhã seguinte, os dois cavaleiros agradeceram e cavalgaram rumo ao castelo.

Logo que chegaram, Tristão apresentou-se ao duque Hoël:

– Sou Tristão de Leonis, sobrinho do rei Marcos da Cornualha. Viemos oferecer nossos préstimos – disse, fazendo uma reverência.

– Ah, senhor, nem pode imaginar o que temos passado. Estamos sem comida, sem trigo, sem carne...

– Entendo. Por dois anos morei numa floresta, comendo nada além de raízes, ervas e animais que eu caçava – respondeu.

O duque e seu filho Kaherdin deram as boas-vindas aos visitantes. Em seguida mostraram-lhes, pela janela, onde seus inimigos estavam acampados.

– É lá que se reúnem e juntam forças para atacar meu castelo! – disse o duque.

Então Kaherdin levou-os até a sala onde sua mãe e sua irmã bordavam e fez as apresentações:
– O nome de minha irmã é Isolda. Por ter as mãos muito alvas, é chamada de Isolda das Mãos Brancas.
Ao ouvir esse nome, Tristão estremeceu e seu coração encheu-se de ternura.
No dia seguinte, Tristão, Gorvenal, Kaherdin e doze cavaleiros deixaram o castelo e rumaram ao acampamento do inimigo para iniciar os combates. Com ataques de formas variadas, aos poucos iam aniquilando os adversários.
Um dia, ao amanhecer, uma sentinela disparou a gritar:
– Os inimigos estão nos atacando!
Os cavaleiros se armaram com espadas, arcos e flechas. Tristão vestiu-se, colocou o elmo, montou seu cavalo e, protegendo o peito com o escudo, lançou-se à batalha. Foram horas e horas de luta, até que o herói, num golpe certeiro, derrubou Riol, que não teve outra alternativa senão render-se.
Os inimigos haviam sido derrotados graças a Tristão. Kaherdin correu contar a seu pai a boa notícia:
– Querido pai, não existe nenhum cavaleiro que se compare a Tristão. Ele é o homem mais corajoso que conhecemos!
O duque mandou chamar o bravo guerreiro.
– Devemos nossas vidas a você, Tristão. Quero que se case com minha filha, Isolda das Mãos Brancas.
Sem notícias de sua amada e com o coração entristecido, Tristão resolveu concordar:
– Eu me casarei com ela, senhor.
Assim, o dia do casamento foi marcado. Numa bela manhã, na presença dos amigos e parentes, Tristão casou-se com Isolda das Mãos Brancas na capela do castelo.
Na noite de núpcias, era costume que os camareiros banhassem e vestissem o noivo. Quando um deles deixou cair no chão o anel de jade que Isolda dos Cabelos Dourados havia dado a Tristão, o jovem cavaleiro foi tomado por uma profunda dor no peito. Arrependido, pensava: "O que foi que eu fiz?

Por que aceitei casar-me com esta outra Isolda? Jurei manter-me fiel a minha amada e quebrei a promessa".

Quando, à noite, deitaram-se no leito nupcial, Isolda das Mãos Brancas ouviu o suspiro do marido e indagou:

– Será que eu disse algo que não devia?

– Não fique triste comigo, Isolda... É que, há tempos, lutei com um terrível dragão. Ao sentir que a morte se aproximava, fiz uma promessa a Deus: quando me casasse, não poderia abraçar ou beijar minha esposa pelo período de um ano, mantendo-me em silêncio e orando todas as noites.

Isolda das Mãos Brancas compreendeu a promessa do marido e aceitou respeitar seu silêncio e suas orações.

A loucura de Tristão

Um dia, cavalgando com o irmão Kaherdin, Isolda das Mãos Brancas, montada em seu cavalo, passou sobre uma grande poça de água, que lhe espirrou nas pernas, acima dos joelhos.
– Que água atrevida! Molhou-me onde jamais homem algum tocou! – disse a moça, rindo.
O irmão não entendeu e quis que Isolda lhe explicasse. Muito envergonhada por ter feito aquele comentário, acabou revelando que Tristão nunca a tocara, nem mesmo num único fio de cabelo.
Assim que retornaram, Kaherdin foi atrás do cunhado exigir satisfações por ele não ter se deitado com a esposa. Tinha um único pensamento: "Estou decidido a matá-lo. Isso desonra minha família".
Tristão entendeu o ressentimento do irmão de Isolda e pediu que se acalmasse e ouvisse toda a sua história. Com a voz embargada, começou a narrar seu verdadeiro drama. Falou da outra Isolda, de como se apaixonaram, da traição dos barões, da fogueira que quase a queimara para sempre, dos leprosos, do tempo em que haviam ficado na floresta, de sua separação...
O duque percebeu a dor que Tristão sentia ao fazer aquele relato e se emocionou, seus olhos se encheram de lágrimas:
– Preciso de três dias para pensar no assunto, caro Tristão. Então voltaremos a conversar.
Longe dali, em Tintagel, o coração da outra Isolda era só angústia. Seus pensamentos a torturavam: "Há dois anos não tenho notícias de Tristão! Nem sei se está vivo ou morto...".
Para atormentar-lhe ainda mais, o conde Kariado, que era apaixonado por ela, veio anunciar-lhe o casamento de Tristão:
– Sei que ama Tristão, mas é melhor esquecê-lo para sempre. Ouvi dizer que se casou com Isolda das Mãos Brancas, filha do duque da Bretanha.

Ao ouvir aquilo, Isolda dos Cabelos Dourados ficou estarrecida, sem saber o que pensar.

Enquanto isso, na Bretanha, passados os três dias, Kaherdin foi procurar Tristão e lhe disse:

– Alguns dias atrás eu queria matá-lo. Mas agora minha ira passou e nossa amizade fala mais forte. Se de fato você é ligado a outra mulher para sempre, por um amor tão forte como o que você me diz, minha irmã jamais teria alguma chance com você. Se eu puder constatar com meus próprios olhos que a rainha da Cornualha o ama igualmente, você terá meu perdão.

Tristão ficou muito agradecido pelas palavras do cunhado, pessoa em quem confiava e que dava mostras de ter um coração generoso. E aceitou que ele o acompanhasse à Cornualha.

Ao lado de Gorvenal e de um ajudante, os dois partiram. No sexto dia de navegação, chegaram ao destino.

Lá estava o castelo, cercado pela alta muralha. Como sempre, dois cavaleiros guardavam o portão de entrada, noite e dia.

Ao avistar um pescador, Tristão resolveu perguntar se o rei e a rainha ainda viviam no castelo. O homem respondeu afirmativamente e acrescentou que na corte, como sempre, só se falava na tristeza da rainha.

Tristão teve então uma ideia para rever a amada: "Vou me vestir como esse pescador e assim poderei me aproximar de Isolda sem ser reconhecido".

Propôs ao homem que trocasse de roupas com ele e cortou seu belo cabelo, restando uns tufos no alto da cabeça, que lhe davam o aspecto de louco. Depois, pintou o rosto com ervas, para que sua pele parecesse queimada de sol. "Agora, sim, minha aparência está bem diferente do que sou", pensou ele, ao ver a própria imagem refletida num espelho d'água.

Pegou um sino e prendeu-o a um pedaço de pau, como os bobos da corte costumavam fazer, e seguiu o caminho até o castelo. Perto do portão, esperou até que a rainha passasse por ali.

Horas depois, os guardas abriram o portão para que a comitiva real saísse. Quando viram aquele homem de cabelo

estranho, sacudindo um sino, gritaram:
– Um louco!
– Um bobo da corte!
– Um bobo louco!
E começaram a lançar pedras em sua direção. Tristão gargalhou bem alto e, ao avistar o rei Marcos logo atrás, aproximou-se, dizendo:
– Sou um bobo alegre e louco, Majestade...
– O que você quer? – O monarca teve pena daquele pobre homem.
– Quero Isolda, a quem amo tanto! Eu tenho uma irmã, Brunehild. Fique com ela e me dê sua Isolda.
Rindo, o rei perguntou:
– Se eu desse a rainha a você, para onde a levaria?
– Ah... eu a colocaria entre as nuvens do céu e depois a levaria para a linda casa de vidro que possuo.
O rei e seus barões riam muito e diziam:
– É um louco, realmente!
Mas o "louco" sentou-se e olhou para Isolda, que vinha se aproximando.
– E acha que a rainha iria cuidar de um louco como você, iria amá-lo também? – indagou o monarca.
– Ah, eu fiz tantas coisas por ela... Foi isso tudo que me levou à loucura!
– Qual é o seu nome? – todos quiseram saber.
– Tristão, que amou a rainha e ainda a ama tanto que seria capaz de morrer por ela.
Ao ouvir isso, Isolda disse:
– Levem esse louco para longe daqui!
Mas Tristão continuou a gritar:
– Rainha Isolda, lembra-se de quando fui envenenado pela língua de Morholt e curado por sua mãe? Perdeu a memória, rainha?
Isolda respondeu, furiosa:
– Fora daqui! Sua loucura passou dos limites!

Os barões aproximaram-se de Tristão, mas ele os empurrou, gritando mais alto ainda:
— Não se lembra de que a defendi contra os barões?
Enquanto a rainha ficava com o rosto vermelho de vergonha, o rei e os barões riam-se a valer das "bobagens" ditas pelo louco.
— Está bêbado, isso sim! — diziam.
— Na verdade, desde que tomei a mesma bebida que a rainha naquele barco, fiquei embriagado... mas de amor! — revidou Tristão.
Ouvindo aquelas palavras, Isolda empalideceu. Afinal, só o próprio Tristão e ela sabiam o que acontecera no barco.
Cansados de ouvir as histórias do louco, o rei e seus barões decidiram seguir em frente, rumo à floresta, onde iriam caçar. Mas Isolda pediu ao marido que a deixasse voltar para seu quarto. Estava farta de ouvir o louco e queria descansar.
Kaherdin, que observava tudo a certa distância, ao ver a reação da rainha às palavras de Tristão, não teve mais dúvida alguma da paixão dos dois.
Chegando a seus aposentos, Isolda chamou a criada Brangia e lhe disse:
— Há um louco na entrada do castelo que diz ser Tristão. Sabe de coisas que só eu e meu amado saberíamos.
— Será que não é Tristão usando um disfarce? — respondeu Brangia.
— Acho que não, tenho quase certeza de que não é ele. Mas vá até o portão e faça-o entrar. Leve-o até o poço para tomar água, dê-lhe comida. Depois tente saber a verdade. Não deixe ninguém desconfiar de nada. Se for mesmo Tristão, traga-o aqui — ordenou Isolda.
Brangia obedeceu. Assim que a viu, Tristão disse seu nome. A cada pergunta que ela fazia, ele respondia num piscar de olhos.
Logo Brangia se convenceu: "É ele mesmo! Nada me resta a não ser levá-lo até a presença de minha rainha". Assim fez.

Ao ver aquele louco, sujo e feio, Isolda deu um passo atrás, enojada.

– Como é triste ver que minha amada não me reconhece e ainda tem nojo de mim! – lamentou Tristão. – Seu amor por mim morreu depressa...

– Não vejo... meu amado em você – guaguejou Isolda.

– Que pena... Lembra-se do mago que espalhou farinha ao redor de nossas camas? Não se lembra de como me arrisquei naquele dia, do sangue que derramei? Nem do anel que me deu no dia em que nos separamos? Ainda cuida do cachorro que lhe dei? – dizia Tristão, enquanto mostrava o anel no dedo.

Finalmente, Isolda percebeu que só Tristão poderia saber de tudo aquilo. Sim, aquele louco, sujo e maltrapilho, era seu amado. Chamou o cachorro e, num minuto, o cão pulou para os braços do antigo dono.

Com os olhos cheios de lágrimas, a moça pediu perdão ao amado, beijando-lhe os olhos e o rosto.

– Tristão... eu jamais poderia reconhecê-lo! – disse, e desmaiou de emoção nos braços do rapaz.

Quando Isolda acordou, Tristão estava ajoelhado aos pés de sua cama, já com o rosto limpo e sem os trapos sujos.

– Ah, meu amado, tanto tempo separados e tão pouco nos resta... Coloque seus braços a minha volta e me abrace com força. Quero sentir seu coração junto ao meu! – pediu Isolda, cheia de paixão. – Leve-me para aquele lugar feliz que você disse existir.

Depois de muitos beijos e abraços, Isolda achou que seria melhor Tristão voltar a se disfarçar. Havia espiões por todos os lados, e um passo em falso bastaria para que o monarca soubesse de tudo.

Brangia levou-o ao pátio onde os criados se reuniam. Lá, Tristão alimentava-se das sobras dos serviçais, que, além de pedaços de pão, lhe atiravam muitas pedras. Apesar disso, era um local seguro, de onde de vez em quando ele podia se ausentar para visitar a amada em seu quarto e aninhar-se em seus braços.

Com o tempo, porém, Tristão e Isolda foram se descuidando, e Andret começou a desconfiar de que havia algo errado com aquele louco. Resolveu, então, colocar três guardas em frente ao quarto da rainha.

Tristão estava assim impedido de ver sua amada. Nada mais lhe restava a não ser voltar ao encontro da outra Isolda...

Uma triste morte

Assim que chegaram à Bretanha, Kaherdin pediu a ajuda de Tristão para combater um inimigo. Infelizmente, porém, uma lança envenenada atingiu o herói. Médicos vieram de todos os lugares, mas nenhum conseguiu curá-lo do mal que o afligia.

Tristão foi ficando cada vez mais fraco e pálido. Seu corpo era pele e osso; seu rosto nem de longe mostrava a beleza de antes. E um pensamento o atormentava ainda mais: "Sinto que vou morrer... sem rever minha amada Isolda". Decidiu então chamar o cunhado.

Quando Kaherdin entrou no quarto, Tristão pediu a Isolda das Mãos Brancas que os deixassem a sós. Ela se afastou irritada! "Que segredo Tristão pode ter com meu irmão?", pensava. Resolveu esconder-se atrás da porta para ouvir a conversa.

– Amigo... – murmurou Tristão com dificuldade. – Meu maior desejo, como você sabe, pois conhece meu coração, seria rever minha Isolda dos Cabelos Dourados. Mas sei que eu não aguentaria viajar até a Cornualha. Por isso queria lhe pedir algo.

– Pode pedir, estou ouvindo... – respondeu Kaherdin, emocionado.

– Preciso de um mensageiro que vá ao encontro dela, levando meu anel. Ela fará de tudo para vir me ver.

Penalizado com todo aquele sofrimento de Tristão, Kaherdin respondeu:

– Farei o que você deseja, por nossa amizade, mesmo correndo muitos riscos. Diga tudo o que devo fazer.

Apesar do cansaço, Tristão disse a Kaherdin que ele devia se disfarçar de mercador de sedas, vinhos e joias. Quando chegasse à Cornualha, mostraria suas preciosidades ao rei e à rainha. Ao ver o anel entre as outras joias, Isolda provavelmente daria um jeito de falar com o mercador em segredo. Kaherdin então contaria que Tristão estava ferido, prestes a morrer. E que ainda desejava encontrar-se com ela, nem que fosse pela última vez. A rainha com certeza arrumaria uma maneira de vir no barco com Kaherdin, e assim eles poderiam se ver pela última vez.

Bastante fraco, Tristão ainda lhe pediu que, na volta, quando estivesse chegando, içasse uma vela branca caso Isolda estivesse no barco; senão, que fizesse subir uma vela preta, pois assim saberia que não tinha mais o que esperar e finalmente poderia entregar-se à morte.

– Não vamos falar nada para Isolda das Mãos Brancas. Será um segredo só nosso! – disse Kaherdin.

Atrás da porta, porém, Isolda das Mãos Brancas ouvia todas essas coisas e só pensava em vingar-se do marido.

– Vá com Deus, caro amigo... e que Ele o traga são e salvo! – disse, por fim, Tristão a Kaherdin, que ficou emocionado.

Depois de abastecer o barco com finas e coloridas sedas, vinhos de excelente qualidade e joias de rara beleza, Kaherdin partiu para a Cornualha.

Tão logo aportou nas terras do rei Marcos, o jovem enviou-lhe alguns presentes. Maravilhado, o monarca pediu que o mercador apresentasse sua mercadoria. Kaherdin mostrou todas as sedas, os vinhos e as joias.

Quando a rainha avistou o anel de Tristão no meio de outros anéis, seu rosto ficou vermelho como o fogo. Num minuto, pediu que o mercador a acompanhasse até a janela, para que pudesse ver melhor o brilho das joias.

– Tristão está mortalmente ferido, senhora. Seu último desejo é vê-la mais uma vez – murmurou Kaherdin a Isolda dos Cabelos Dourados, sem que o rei pudesse ouvir.

Isolda empalideceu. Seu coração batia tão forte que parecia prestes a sair-lhe do peito.

– Prepare seu barco... Irei com você ao amanhecer! – respondeu ela em voz baixa.

Na manhã seguinte, envolvida em um véu cinza, Isolda conseguiu embarcar no navio de Kaherdin. Já não temia mais nada... nem seu marido, nem os inimigos da corte. Se tivesse de morrer, morreria, mas ao lado de seu amado, de seu único e verdadeiro amor.

"Não é possível que ele morra. Não posso acreditar nisso", pensava a rainha, sem parar de chorar.

Longe dali, em seu leito, Tristão ansiava pela chegada de Isolda dos Cabelos Dourados. Dia após dia, pedia que os guardas olhassem pela janela, de onde se viam o mar e os barcos que atracavam na orla.

Pouco antes de o barco de Kaherdin atracar, surgiu uma terrível tempestade que quase os fez afundar. As rajadas do vento e a forte chuva aterrorizavam a todos. As ondas cresciam vertiginosamente, e uma terrível escuridão envolveu o barco.

– Meu Deus, deixai-me viver para abraçar Tristão pela última vez! – clamou Isolda.

E Deus atendeu àquele pedido, acalmando o vento e a chuva, fazendo as ondas serenarem. Kaherdin içou a vela branca, conforme combinara com o cunhado.

Em seu leito de morte, o pobre Tristão esperava cada vez mais ansioso pelo barco. Isolda das Mãos Brancas, que se encontrava junto à janela, exclamou:

– Veja! Acho que é Kaherdin em seu navio. Creio que esteja trazendo um remédio milagroso que vai curá-lo, Tristão! – disse isso com ironia e sorrindo, pois a hora de sua vingança havia chegado.

– Tem... tem certeza de que é o barco de Kaherdin? – Tristão sentiu um tremor pelo corpo. – Por favor, diga-me, como é a... a vela?

– Ainda está muito longe... mas dá para ver que é preta – mentiu Isolda das Mãos Brancas.

Tristão gelou ao ouvir aquilo e virou-se para a parede, sentindo seu coração ainda mais fraco.

– Não posso manter-me vivo por mais tempo... Não há mais razão para resistir! Adeus, Isolda, meu amor... – murmurou, deu um último suspiro e morreu.

Desesperada, Isolda das Mãos Brancas chamou os cavaleiros,

que lamentaram a perda do valente amigo. Eles o tiraram daquele leito de morte, deitaram-no em um lindo tapete e cobriram-lhe o corpo com uma mortalha.

Quando o navio finalmente atracou, Isolda dos Cabelos Dourados logo desceu e notou que as pessoas na rua estavam enlutadas. Os sinos das torres badalavam tristemente.

– O que aconteceu? – indagou a um velho.

– Ah, senhora, estamos sofrendo uma grande perda. Nosso bravo Tristão, tão leal e correto, está morto. Ele era caridoso, ajudava os pobres e socorria os sofredores. É a pior calamidade que pôde acontecer a este reino.

Isolda já não ouvia mais aquele senhor. Pôs-se a correr em direção ao palácio, caindo e tropeçando pelo caminho várias vezes. As pessoas olhavam-na maravilhadas:

– De onde surgiu tão linda criatura?

– Nunca se viu moça mais bela!

– É real ou fruto de nossa imaginação?

– Quem será ela? De onde vem e o que faz aqui?

Ao lado de Tristão, Isolda das Mãos Brancas, arrependida, gritava e chorava enlouquecidamente por causa do mal que fizera ao amado.

A primeira Isolda entrou e disse:

– Senhora, por favor, deixe-me sozinha com Tristão. Tenho muito mais direito de chorar. Pode ter certeza de que o meu amor por ele é maior que o seu.

Assim, Isolda dos Cabelos Dourados ficou só com Tristão, orando para que Deus o recebesse e cuidasse dele. Depois, puxou a mortalha que cobria o corpo e disse:

– Meu amado, sem você eu já não tenho mais razão alguma para viver.

Deitou-se a seu lado. Beijou-lhe os lábios e as faces, apertou-o junto de si. E, sem poder suportar mais a violência de sua dor, suspirou... deixando que sua alma partisse ao encontro do amado Tristão de Leonis.

Quando soube da morte de Tristão e Isolda, o rei Marcos cruzou o mar até a Bretanha. Mandou fazer dois caixões: um de calcedônia para Isolda e outro de berilo para Tristão. E ordenou que fossem transportados para seu navio. Ele levaria a esposa e o sobrinho de volta a Tintagel.

Em seu castelo, o rei mandou construir duas capelas para abrigar os corpos de Tristão e Isolda. Na sepultura da rainha foi plantada uma roseira vermelha; na de Tristão, uma videira.

Passado algum tempo, as plantas começaram a crescer tão fortemente entrelaçadas que não era possível separá-las. Cada vez que tentavam cortá-las, elas cresciam de novo, mais belas e mais unidas.

Assim termina a história de Tristão e Isolda. Que todos aqueles que ficarem sabendo de sua paixão orem por eles. Essa história de amor anima os que estão tristes e sozinhos e lhes dá esperança. E aos apaixonados, dá ainda mais alento e força para enfrentar a intolerância, a injustiça, a dor da perda e todos os males que podem atingir os que sofrem de amor.

QUEM É TELMA GUIMARÃES CASTRO ANDRADE?

Telma Guimarães Castro Andrade nasceu em Marília, no Centro-Oeste paulista, mas mora em Campinas há muitos anos. É formada em Letras Vernáculas e Inglês pela Unesp.

Professora de inglês, sempre gostou de inventar histórias e contá-las aos filhos à noite. Para não esquecê-las no dia seguinte, passou a anotar tudo nos cadernos. Mais tarde, resolveu enviá-las às editoras. Depois de quatro anos fazendo isso, lançou três livros de uma só vez e não parou mais. Hoje, são mais de cem obras publicadas, entre infantis e juvenis – em português, inglês e espanhol –, além de livros didáticos de ensino religioso. Escreveu ainda um dicionário ilustrado inglês-português/português-inglês.

Pela Editora Scipione, publicou vários títulos infantis e infanto-juvenis, entre os quais *Tião Carga Pesada*, *O canário, o gato e o cuco*, *Tem gente* e *Onde está o rabo do sapo?*, além de adaptar alguns clássicos da literatura mundial como *H***, *Robin Hood*, *Sonho de uma noite de verão* e *O corcunda de Notre-Dame*.

Ler, escrever e ir ao cinema são as coisas de que Telma mais gosta. Além de contar histórias à noite, para quem quiser ouvir.